文芸社セレクション

命より大切なもの

コロナより

稲垣 智弘

INAGAKI Toshihiro

文芸社

目次

コロナウイルスより　人類の皆様へ

地球上の生物一七五万種から、我々の地球環境（核兵器・原発事故・プラスチック拡散・森林伐採・森林火災・CO_2放出）を破壊する横暴な人類を何とかして下さい。

と、強力な武器を持つコロナウイルスに託され、やむを得ず、遺伝子ＲＮＡを突然変異させ、人から人へと攻撃を開始しました。

ようやく突然変異を繰り返し、動物から人へ、人から人へと感染力を強化し、潜伏期間を長くし、無症状の感染者を増やし、感染拡大させ、度々のCO_2削減協定を無視している人類に対して、強制的に経済活動にブレーキをかけ、地球環境を守ることができました。

そして、人々の連帯感・共感・想い想われる世界が生死を超えた最高の幸せだと、訴えることができました。

宇宙のみなもと（命の源）から、CO_2放出も25％削減され地球環境も何とか守れそうなので、そろそろ感染力を弱めてはと、言ってきましたが、過去のペストでは、十四世紀に欧州全域にペスト菌を波及させ、欧州の四分の一～三分の一の命を奪い、領主の下で働く農民が急減し、農業労働に対する賃金が上昇。農民の立場が強くなり、中世の封建的身分制度を解体させた。また、第一次世界大戦末期の一九一八年（世界人口六億）ごろのスペイン風邪は、増大する物流や、動員を含めた人の移動によって、感染拡大させ死者は世界で三千万～四千万人、日本で約四十万人、甚大《じんだい》な被害から、愚かな大戦を終結させた。

そして、天然痘《てんねんとう》・結核《けっかく》・エボラ出血熱・エイズ・サーズ・マーズなどで、地球環境を守るために断腸《だんちょう》の思いで行ってきたが、人類は、喉元過ぎれば――で、今回はもう少し様子を見ることにします。

「山崎《やまざき》、お前のブログ読んだよ。地球環境を守るためにコロナが人類に、襲い掛かっていることは、理解できない訳ではないが、大手企業のお前には分からないが、俺みたいな小さな居酒屋では死活問題だよ」

「休業補償《きゅうぎょうほしょう》も手続きが大変で、家賃、パートの人件費などで消えてしまい、俺の家族の生活費はなくバイト探して何とかしなくては生きていけないよ」

大変だな。うちの会社も、これ以上長くなると、在庫が積み上がり、生産調整で賃金カットが始まると思っているよ。

死者もどんどん増えているし、亡くなった人も可哀想だし、看取る方も手も握れないし、火葬場にも行けないし、遺骨も直接受け取ることもできないなんてあまりにも惨いよな――。

「そういえば、山崎さんの娘さんは薬剤師だったよね」

市民病院に勤務しているんだけど、医療現場は戦争状態で、医師・看護師の友達は、防護服・専用マスクも足りないので、恐怖で決死の特攻隊《とっこうたい》みたいなので、非番でもよく眠れないし、食欲不振で限界だと言っていたよ。

「それは命がけで大変だね、それから思えばまだ良しとしなくてはね――」

本当に感謝だね。

それなのに、サーフィンや、パチンコなどに行ってしまう人も困ったものだね。

自分だけは大丈夫と思っているんだろうね。

中国では、収まってきたので、段階的に経済活動を再開とか言っているけれど、スペイン風邪でも、第二波が、大きかったから、油断できないね。

宇宙のみなもと（命の源さん）改めて命ってなんなんですか？

最前線で決死に闘《たたか》って、亡くなった医師や看護師の想いは？　みんなから慕われた人々の想いは？

前回の小説『頭の中にワニとネコ』の中での、お年寄りの車椅子を必死に押していたのに、大津波に飲み込まれたお寺の住職さん親子も同じで、肉体の命は亡くなっても、残された大勢の人々のこころの奥深くに刻まれ想いは永遠なのです。諸行無常《しょぎょうむじょう》、どんなお金持ちも、どんな権力者も平等にコロナウイルスは、感染してきます。

今まで、二百歳まで生きた人はいませんね。全ての人は早いか遅いかで、死を迎えます。そんな当てにならないこの世の命よりも、想い想われる永遠の命の方が――それから縁の下の力持ちで、表に出ない厳しい必死の仕事、家庭ゴミ・病院の汚物やゴミ収集なども素晴らしいですね」

良く解りました。

「バイト探しも厳しいよね、ハローワークも満員で、思いは一緒で、年齢制限もあるし、やっと見つけたゴミ収集の会社だけど、頑張るしかないね」

親友のカヌー店の坂田《さかた》さんも、カヌースクールが中止でお店も休業になり、まだ大学生の息子さんの学費も大変で、息子さんもバイトが無くなり、休学しようか？　と、何処も大変なことになってきましたね。

会社の後輩が遂にコロナに感染したのですが、奥さんと子供さんはまだ陰性なのに、軽症状なので自宅療養《じたくりょうよう》して下さいと言われてしまい、家族に感染したら！　と強く言ってようやくホテルが空いたので、ホテル療養になり助かったそうです。

その後テレビで、自宅療養の方が、急変して亡くなったと報道され、ゾッとしたようです。

ウオー！　ウオー！

なんだ――。

（あー、お隣さんのおじいちゃん、コロナの影響でデイサービスが休業になり、情緒不安定《じょうちょふあんてい》で、たまーに大きな声を出すらしいの、そうとうなストレスなんでしょうね）

大変だね――。

おばあちゃんが亡くなったから、なおさら寂しいだろうね。

奥さんも大変だね――。

(旦那さんもコロナで会社が自宅待機なので、二人で介護《かいご》みたいよ。お風呂も二人掛かりでね)

それは良かったね。

夫婦の絆が強くなり、良い面もあるね。

それにしても、長引くと何処も大変だね。

美穂《みほ》、どうだった？

「やっぱり陽性だったよ。由美《ゆみ》と旦那は陰性で助かったよ。私は入院だけど由美がね、旦那は、最前線の医師だから無理で、旦那も私も両親が亡くなったでしょう、親戚も遠くてね――」

解った、私にまかせな、由美ちゃんは生まれた時からなついているから大丈夫よ。

「ありがとうね――」

何言っているの、美穂先輩のためなら、火の中水の中よ。

ママー、ママー。

「お姉ちゃんの言うことをちゃんと聞くのよ――」

大丈夫よ、由美ちゃんは、おねえちゃん、大好きだもんね。

ウン。

さてと、私も仕事だし私のアパートではね、仕方ないね実家に頼むしかね。お父さんお母さんなら解ってくれるよね。

アッ、お父さん――そういう訳で、家から仕事にね。

解ったよ。お母さんも良かったねだって。それで、由美ちゃんは何歳？

三つよ。

それは可愛い盛りだね、待ち遠しいね。

でもね、お母さんもお父さんも年だからリスクはゼロではないのよ。

何を言っているんだ、少しでもお役に立てれば、本望だよね。

お母さん――。お母さんお父さん本当にありがとう。

美穂、大丈夫？　メールならＯＫね。由美ちゃんは、実家の両親に預かってもらい、おじさん、おばさんと呼んで直ぐに馴染んで、直ぐ近くの公園で駆けずり回っているから大丈夫よ。

「本当にありがとうね、旦那の雅彦《まさひこ》も、くれぐれもよろしくお願いします、本当にありがとうって。なにしろ病院に泊まり込みで、頑張っているのでね」

本当に命がけだね、感謝しています。よろしくね。

それにしても、大変なウイルスだよね。やはり、人間が環境破壊をやってきたから、自然の摂理《せつり》なんだろうね。

「私もそう思う。RNA遺伝子が不安定で、突然変異を繰り返し段々強力になってきたみたいね」

やはり、新型コロナウイルスにも心、意志があるみたいで、潜伏期間を長くし、無症状で、伝染させ、まるで忍びの忍者みたいだね。インフルエンザ治療薬アビガンのRNAポリメラーゼ阻害でウイルスの増殖抑止力《ぞうしょくよくしりょく》に期待したいね。

嗅覚・味覚は大丈夫、免疫過剰反応《めんえきかじょうはんのう》のサイトカインストームがあるから注意してね。

美穂先輩、体調は？

「体温も36度5分で、大丈夫よ。その、先輩は、止めてよ。一つしか違わないんだから。

由美は迷惑かけてないかしら？　由美のことばかり頭を駆けずり回ってね」

大丈夫よ、母や父に絵本を読んで貰ってお利口さんよ。

それよりも、美穂の方は、好きな小説でも読んでストレス解消しないとね。芥川龍之介の羅生門で人間の本質を、語り合ったね。それから、童話詩の金子《かねこ》みすゞの心境と夫の心境で、盛り上がったね。

「そうそう、私が飲む打つ買うの、どうしようもない夫で、性病（淋病《りんびょう》）までうつされ、二十六の若さで可愛い娘をおいて自殺に追い込まれたみすゞが本当に可哀想だねと言うと、美香《みか》は、たしかに可哀想だけれど、みすゞがあまりにも感性が豊かで、童話詩を書いて公募展に入選し、西條八十《さいじょうやそ》に認められ、万年筆までプレゼントされるなど、普通の女ではない、かけ離れた存在が嫉妬《しっと》（ネコ）と寂しさに狂い暴力（ワニ）ＤＶに駆り立てたと捉えると、一方的に非難できないねと深い見方だったね」

本当にね、みすゞが普通の女房だったら幸せだったのにね。やはり、みすゞの心の中に、こんなにも尽くしているのにという自負心（上から目線）があり、夫は敏感に感じ取っていたと思うね。

みすゞが自分の中にも邪悪なこころが少しでもあること認め、夫のこころを理解して、貴方も苦しいよね、ごめんなさいと、こころから言えば、通じると想うね。なかなかできないけれど（想い想われる）世界だよね。

美穂、体調は？

「体温も安定して大丈夫よ」

コロナはなかなか収まらないね。世界中が不安で、ストレスが溜まり情緒不安定な人も増えているね。前に読んだ、ナチス強制収容所から生還した精神科医フランクルの【夜の霧】で、パン一切れにスープ一杯で、極寒の中、重労働で、バタバタ倒れていく中で何とか生き長らえて、寄宿舎の土間にへたり込んでいる時に、誰かが、おーい、素晴らしい夕陽が――――。

ヨタヨタと起き上がり、雲間から何とも言えない素晴らしく美しい夕陽に感動し、共感した人達は生き残り、無関心な人達は倒れていったシーンを、強烈に思い出すね。

やはり、想い想われる世界は、どんな過酷な状況でも、乗り越える力があるんだね。このときに、脳下垂体《のうかすいたい》から、俗に幸せホルモン、オキシトシンが分泌され、腎臓・心臓・胸腺・膵臓《すいぞう》などを活性化させ、中でも、胸腺の免疫機能に働きかけ免疫力を高めるからなんだね。

「そうね、分娩時に、子宮を収縮させ、陣痛を促進させたり、乳汁の分泌促進。出産後は、親子の信頼関係・絆を強くするホルモンよね」

それから、うつ病・認知症・膠原病《こうげんびょう》などにも効果がある本当に素晴らしいホルモンよね。ハグやスキンシップ、今はコロナでダメだけど、素晴らしい絵画・音楽・小説・景色など、一人ではなく信頼できる人と感動を分かち合うと最高に分泌されるんだね。

「素晴らしい景色といえば、西穂高・上高地・大正池が最高だったね」

ホントホント。私の彼、憲司《けんじ》さんと、美穂の雅彦さんとで楽しかったね。最初ハイキングぐらいと思っていたら、どうせ登るんだったら、私の母が若い時に、父達と天候悪化で、途中で断念した幻の西穂高に登ってみたいねということで、登山になれた山男の彼と行ったよね。

最後まで天候に恵まれ、ロープウェイから見る残雪がキラキラ輝いて、目に焼き付いているよね。ロープウェイの終点駅から西穂高山荘までの登りはきつかったね。でも満天の星がキラキラ輝いて、手が届きそうで夢物語みたいで、感動だったね。

夏の大三角形・北斗七星・北極星・こと座・白鳥座・てんびん座・さそり座・ヘルクレス座など、山男の彼が水を得た魚みたいにね。天の川がハッキリ見え、天の川銀河、直径が十万光年。一秒間に地球を七回半まわれる光で、十万年かかる円の中で星の数が千億だから気が遠くなるね。そんな銀河が二千億もある大宇宙は頭が変になるね。

ちなみに、さそり座までは七千光年だから今から七千年前に出た光が今見えているので、今ないかもね。だから星空は遠い昔の過去を見ているのね。不思議な世界だね、この広大無辺の宇宙がビッグバンで誕生してから、百五十億年。そのみなもと一点から星々ができ、天の川銀河もでき、太陽系ができ、太陽から三番目の青く輝く地球に今、生きている自分も、雅彦さんも、美穂さんも、生きとし生けるものすべても山も海も地球も太陽も銀河もみんな元々は、宇宙のみなもとから進化してきてつながっているので、みんな兄弟なんだね。

みんな、そろそろ起きるよ。何時？　三時だね、ウ〜、寒いね。四時に出発ね。あーだんだん白んできたね。

少し登って、ご来光だね。アッ太陽が――山肌を照らし残雪がキラキラ輝いて、最高だね。だんだん登りがきつくなってきたね。この辺が景色も見えないし一番きついね。もう少しで、開けるよ。

アッ、ホント。あれが目指す西穂高岳ね。

――とりあえず、手前のピーク独標を目指してガンバロー。この辺から、岩場だから滑らないように足と手で三点確保でね――アッ独標が見えてきた頑張れ。三百六十度素晴らしい眺めだね、すぐそこの西穂高岳その次が奥穂高岳。少し先の三角の突き出ているのが槍ヶ岳。

青空に映えるねホント最高の幸せね――。

さて最後の踏ん張りだ――よく頑張ったね。

アッ遠くに富士山が――ホント残雪がキラキラ輝いて最高だね。ホント目に焼き付いているね。大正池も枯れ木が幻想的でね。

そうそう、母から父と一緒にボートに乗ったエピソードをよく聞かされていて、是非、乗ってみたくてね、前に穂高岳、後に焼岳素晴らしかったね。

なんだか、運命――を感じるね。ご縁て不思議ね、みんなつながっているんだね。それぞれの人生物語を通して、こころ豊かに成長し次の世代にバトンを渡していくのね――想いは永遠につながって、この世もあの世も乗り超えていくのね。

幸せホルモン、オキシトシンと同じようなドーパミン・エンドルフィン・セロトニンがあり、ドーパミンは生きる意欲がでるホルモンで、感謝された時・褒められた時・目標達成した時など。

エンドルフィンは、ストレス解消、脳内麻薬モルヒネともいわれ人のお役に立てた時・感動・好きなものに打ち込んでいる時・スキンシップなど。

ノルアドレナリンは、交感神経を興奮させ・活動性・積極性・思考力・集中力を上げる。

セロトニンは、リラックスホルモンで気分の調整・心の安定、信頼できる人との共感・深い睡眠をとった時・深呼吸・太陽を浴びた時などで、いずれも免疫力を高めるようね。
食事の栄養も必要だが、やはり精神こころが重要なんだね。まさに患者さんの命を救う使命感で、懸命に闘っている雅彦さんは、ノルアドレナリン・ドーパミン・エンドルフィンがドンドン溢れているから、倒れないのね。

「本当ね、ガンバッてね、祈るしかないね」

しかし、人間の身体ってよくできているね。この様々なホルモンができたのは、二百万年前の旧石器時代に狩猟採集生活で、男達が命がけで狩りをして得た獲物を、安息の家を守ってくれた最愛の妻達や子供達、色々なことを教えてくれる経験豊かな長老と共に分かち合う喜び、他の人の役に立つ喜び、他から認められる喜び、妻達も年老いた親の世話や子育てや食物採集などで一生懸命働き、役に立つ喜びの生活が六十万年以上の長い長い間に大脳にしっかりと刻み込まれたみたいね。

やはり、宇宙のみなもと（命の源）が、大宇宙を認識できる、話し相手が欲しくて、永い永い時間をかけて進化させ、想い想われる時に最高の幸せを感じられるホルモンを与えたとしか考えられないね。

ところが、一万年前ごろに牧畜・農業が始まり、食べられる以上の食べ物を蓄える者（豪族）がうまれ、貧富の格差ができ、人間のこころに、優越感・妬み・恨みなどがハビコリ、純粋なこころが危なくなり、近年の人間が、核爆弾・CO_2放出・原発事故・森林伐採・森林火災など地球環境破壊に突き進んでいるので、仕方なく断腸の思いで、パンデミックを引き起こし、連帯感・共感・想い想われる世界を取り戻させようとしているのでは。

「ホントそうかもね」

この地球環境破壊の根源は、一万年前に牧畜・農業が始まり、物々交換が貨幣経済に進化し、人間の欲望が止めどもない経済活動に、拍車をかけ市場経済優先のグローバル社会に成り果て、寛容《かんよう》・連帯感・共感・想い想われる世界を忘れさった結果、ウイルスが襲いかかったと捉えられるね。

「本当にそうだよね」

そうだとすれば、たとえウイルスを抑え込めて、経済活動を再開しても、何も変わらなければ、自然の摂理《せつり》で、また新しいウイルスが襲ってくるでしょうね。

共生・共感・想い想われる真のグローバル世界を創り出す道しかないでしょうね。やはり、それぞれのホルモンが反応し、本当の幸せを訴えかけているのでしょうね。

美穂、体調は？

『微熱がね、肺のＣＴを撮ることに』

えっ、ホントに。

『やっぱり影が――』

すぐにアビガンを、「妊娠の可能性が？」じゃー、レムデシビルを、「副作用が？」何を言っているの命が――「分かった」

どう――「少し安定してきたよ」

良かった、でも油断は禁物よ。

二日後、

「熱が39度でセキが――」

雅彦さんに？

「心配するから――」

何言ってるの。

「じゃーお願い」

解ったよ。三時間後、主治医から、サイトカインストーム（自己免疫の異常反応で、自己の正常な細胞にも損傷を与える）なので、ＩＣＵに――次の日ガラス越しに、ママーママー。ママー。

大丈夫よ、アッ、パパだ。

抱きしめて大丈夫だよ――。

二時間後。

残念ですが――。

ママーママーママーママーママー。なんで――。
命って――。
火葬場にも行けず、小さくなった、まだ暖かい遺骨――。涙が
涸れ果て――すると、
【ありがとうね、由美を抱きしめることはできないけど、ちゃんと見えているから大丈夫よ。最後は、ガラスを吸い込んだみたいな痛さで、息が苦しくて――でも今は、肉体がないから大丈夫よ。由美のことお願いね――】
本当に大変だったね、安心したわ――やっぱり想いは、この世もあの世も乗り超えられるのね――。

美穂、体調は？　は、おかしいね、あの世で肉体がないのだから
――聞きたいのは、痛みや苦しさから解放され、あの世に行くときに、エンドルフィンが大量に放出され、快感に変わり何とも言えない気持ちよさだという説があるけど？　本当だった？

【それは本当に、身体が軽くなり、光の束がキラキラと輝きスーと吸い込まれ、何とも言えない気持ちよさで、自分の想った世界がすべて見え、瞬時に行けるのよ、今までの三次元から、時間と空間それに想いまで通じる、六次元の世界なのよ。この想いは、特に強いエネルギーで、キーボードとか何もしなくても、通じる（テレパシー）から便利だね。想う相手にも伝わり、双方向通信だね】

ホント、私も何もしなくても楽だね。この世よりよっぽどいい世界ね。この世の命にこだわることもないということよね。何しろこの世では、命が何より大事で、死が最高の不幸で、忌み嫌い、縁起でもないという考え方が主流で、アッというまの短いこの世の命よりも、大事な精神世界（想い想われる）の方が大切だと、なかなか理解してもらえないね。でも、美穂の体験談で、私の考え方に耳を傾けてもらえる人が一人でも多くなるといいね――。

そういえば、父が、親友の土田《つちだ》さんが亡くなった時に、『想い想われる世界』は、この世も、あの世も、乗り超えることができるんだよと、よく交信してたね。その時は、そんな？　と思っていたけど、今こうして――――やっぱり本当だと解ったね。

宇宙のみなもと（命の源）の想いは、生きとし生けるものすべて（ウイルスも人類も）の我が愛おしい子供達を、この世もあの世も包み込む永遠の最強の力なんだね。

だから、この世の命に執着しないで、永遠の命、共感・共生・想い想われる世界へ目を向けることが、最高の幸せにつながっていくんだね。

【本当ね】

でもなかなか、頭では理解しても、いざ、現実に、人からバカにされたり、批判されたり、生き方を否定されたりすると、すぐに闘争心（ワニ脳）が飛び出し、理性を失ってバトルにね。また、この世の命、健康が第一で、栄養、運動などで、長生きすることが目的になって、一日に一万歩とか却ってストレスになって——だから、この世の命から解放されると、価値観が根底からひっくり返って、肩の力がスーと抜けて、見栄などなく、自然体で、楽に生きられる世界（達磨大師《ダルマさん》の廓然無聖《かくねんむしょう》こころが晴れ渡り、わだかまりなく、聖〔正しいこと〕も俗〔悪いこと〕もない・上だ下だ右だ左だと一喜一憂しない世界・心明光）に近づけるね。——

亡くなった横田《よこた》めぐみさんの父、滋《しげる》さんの想いは、北朝鮮へ向かったでしょうね。

こう考える人は、多いでしょうね。これこそが、想い想われる世界では、ないでしょうか。あの世六次元の世界ならば、想ったところへ瞬時に行け、時間も超越し、若いときのめぐみちゃんに会うことができ、強い想いを語り合っているでしょうね。

ですから、『想い想われる世界』は、特殊な世界ではなく、ごく自然な世界で、超能力がなくても想いがあれば誰でも行けるのです。


この世の命から解放されると、究極の不幸『死』からも開放・解放され、こころも自由になり、すべてのストレスが感じられなくなり、自分と他人との垣根がなくなり、エンドルフィン・ドーパミン・オキシトシンなどがあふれ、自己免疫が強まり、「こころも身体も真の自由な世界・想い想われる世界」が、広がって行くのですね。

この世界を捉えた、古代中国の思想家、荘子《そうし》が「胡蝶《こちょう》の夢《ゆめ》」の物語で、自分が蝶になって、花々を飛び回っている夢で、夢が現実か現実が夢なのか解らなくなり、そんなことは、どちらでもよい、物事にこだわらなく自由に生きる「逍遥遊《しょうようゆう》」の世界観・仏教の般若心経　色即是空　空即是色そのものですね。それから、親鸞《しんらん》聖人の「計らいを捨て、自由に心の開放・解放」、道元《どうげん》禅師の仏道の真《しん》髄《ずい》は己を忘れることとなり…弘法大師《こうぼうだいし》空海《くうかい》は、「大自然大宇宙と共に自由に生きよ」とそれぞれに、こころの開放・解放・快感を訴えていますね。

【本当にそうだよね、今までの三次元の世界では、色即是空　空即是色の意味は解らなかったけど、六次元の世界から見ると、形あるものは滅び、想いは即、形になることが解るね。それから、オーストラリアの森林火災のツメ跡やアマゾンの森林伐採のキズ跡がよく解るね】

コロナウイルスの怒る気持ちも解るね。

今までに何回もパンデミックを起こして環境破壊の警鐘《けいしょう》を鳴らしてきましたが、すべて喉元過ぎれば熱さを忘れるで、今回は本腰を入れるみたいね。人類もウイルスとの闘いではなく、共感・共生・想い想われる世界の道を選択せざるを得ないね。

これこそが宇宙のみなもと（命の源）が望んでいる一番大事なことで、百五十億年かけて大宇宙を認識できる話し相手を大事に育んできた訳なのですね。

【本当に忍耐強いね】

うまくいけばいいけど、人類はどうも信用できないね。でも今回は、滅亡の危機だから、経済活動と環境との両立を何とか模索《もさく》して行くしかないね。そして、共感・共生・想い想われる世界を樹立し、歴史的な転換期にと祈るしかないね――――。

六次元の世界から、今回のコロナパンデミックは、どのように捉えられる？

【そうね、十四世紀ヨーロッパで、流行したペスト菌パンデミックや一九一八年第一次世界大戦のころのスペイン風邪パンデミック、いずれも社会全体を根底からひっくり返すことになったね。特にペスト菌パンデミックの場合は、国家の基本の教会がどんなに祈りを捧げようと死者が急増し、欧州の人口の四分の一～三分の一の命が奪われ、権威が失墜し、価値観が、ひっくり返って、封建制が崩れ、人間本来の自然な生き方に帰ろうとするルネッサンスが起こりましたね。スペイン風邪の場合も、世界の人口六億の時に三千万～四千万人（日本で約四十万人）の命が奪われ、愚かな大戦が終結しましたね。今回のコロナパンデミックの場合も、社会の価値観が共感共生、この世の命だけに執着せず、真の自由な想い想われる、世

界へ向かって行くと思うね。】

本当にそうあって欲しいね――。

〔生きるよろこび〕

1．ヒトも野原を　かける　犬も花も　頬をなでる風
さえずる　小鳥　山も海も　地球も銀河も
みんな助け合い　生きている
みんな　元は　いっしょだから

2．私はどこから　来て　何をして　どこへ　行くのでしょう
ヒトはみな　同じ時を　生きるのでしょう
みんな助け合い　生きている

みんな　元は　いっしょだから

3.
たまたま同じ　時して　ヒトに生まれ
命のみなもとと　語りあい　解りあい
生きるすばらしさみんな手と手を　とりあって
みんな　元は　いっしょだから

4.
あらそいも　不安もない
おだやかな　満ち足りた　ひろいひろい　世界へ
みんな手をとりあって
みんな　元は　いっしょだから

みんな　元は　いっしょだから

作詞：稲垣智弘

あとがき

前回の小説『頭の中にワニとネコ』二〇一二年の続編として書き始めたきっかけが、地球環境問題がクローズアップされ、共感・共生・想い想われる世界観の立場から、何か訴えることができないか模索中に、漠然と新型インフルエンザパンデミック、二〇〇九年のウイルスの脅威が頭の中に浮かんだのが二〇一四年ごろでした。そして、しばらく封印し、老若男女すべての人々に「想い想われる世界」最高の幸せ感を伝えるために、わかりやすい、絵本『いのちよりたいせつなもの　わたしのたからもの』二〇一八年に共同出版させていただきました。その後、地球環境破壊が深刻化し、封印していた、ウイルスの脅威について、調べ始め、環境破壊を強制的に阻止できるのでは？　と漠然と思っていたら、現実にコロナウイルスが突然変異し始めました。偶然なのか必然なのか？

それから、新型コロナウイルスの立場になって原稿を書き始め、宇宙のみなもと（命の源）の想い共感・共生・想い想われる世界（自己と他との垣根がなくなる）を伝えるために、現実と同時進行で表現できました。物語は、ひと段落ですが、現実は、だんだん過酷になり経済破綻・失業・自殺・精神不安――となって行きますが、想い想われる世界の産みの苦しみになることと祈ります。

『命より大切なもの』の原稿をお読みいただいた方が、今まで、漠然と死、あの世への不安が胸にキューンとありましたが、最後の場面で、あの世の、想い想われる世界の素晴らしさが解り、不安がなくなり、あの世へ行く楽しみができました。と、最高の言葉をいただきました。これこそが、意図するところの、人々の死への不安をなくし、想い想われる世界への明るい希望に向かって生きる喜び素晴らしさを共有共感していただきました。特に長寿時代の今こそ、是非ともお読みいただきたいと思います。

出版　秘話

『命より大切なもの』の小説中に、私の亡くなった親友（深友）の土田憲司さんの名前を主人公、薬剤師美香の彼氏の名前として憲司にしたところ、あの世、六次元の世界から【ありがとうね、是非、審査が受かり出版できるように念ずるよ】と囁いてきました。そして、見事に審査をクリアし、想い想われる世界を一人でも多くの人々にと出版の運びとなりました。（なかなか信じてもらえませんが）

そして、この原稿をお読みいただいた方から、漠然とした死への不安から、こころを開放、解放していただき、本当のこころの自由を感じ、生きる活力が湧いてきました。と、貴重な感想をいただきました。本当に嬉しくて、出版社の担当者に伝えると、「作家冥利ですね」と、最高の言葉を戴き、何よりも嬉しく、どうしても、出版秘話として、書かせていただきました。

命より大切なもの、表紙絵の弥勒菩薩《みろくぼさつ》は、四次元の世界、特に顔の側面耳が見えるような見えないような、観る人の心によって変化し、この世の森羅万象《しんらばんしょう》すべては、時間と共に変化、進化して行く無常の世界を捉え、手首から指は、宇宙のみなもと（命の源）からの「想い想われる世界」を受信するためのアンテナの役割を表現しています。

最後のことば

幾度もの警鐘を無視し、喉元過ぎれば熱さを忘れる横暴な人類に対して　地球環境破壊を阻止するために、新型コロナウイルスが、地球上の生物一七五万種の想いを一心に受けて、強制的に経済活動を休止させるために、突然変異を繰り返し、病魔・精神・経済の不安を与えたわけです。そして、目に見える環境破壊だけではなく、「想い想われる最高の幸せな世界」を取り戻させるために断腸の思いで、産みの苦しみを与えた訳ですが、この甚大な犠牲を無駄にしないために、少しでも耳を傾けて欲しい一心で、この物語を描いた訳です。お一人でも多くの方々に目を通していただければ、最高の幸せです。

この熱き篤き想いを温かく受け止めていただいた文芸社の方々に、こころから感謝申し上げます。特に、総評として、新型コロナウイルスの立場から俯瞰的《ふかんてき》に捉え、現実と物語が同時進行して行き、局所的な部分と俯瞰的な部分のバランスが良く、物語全体に優しさと愛が溢れ、こころの襞《ひだ》に染み入る作品であると、最高のお言葉をいただき、この上ない幸せに存じます。改めてこころから感謝申し上げます。

最初の作品【私は、どこから来て、何をして、どこへ行くのでしょう】から【頭の中にワニとネコ：想いは時空を行く】絵本共同出版【いのちよりたいせつなもの、わたしのたからもの】まで、一貫して「命より大切な想い想われる世界」が時空を乗り超える最高の幸せであることを、訴え続けることができましたことは、沢山の私を支えていただいた方々、変人の私を理解して協力してくれた家族に、こころより深く感謝申し上げます。

この原稿を書き終えようとした、今、私の人生で、一番、嬉しいことがありました。

五十年間一貫して、「想い想われる世界」が、この世も、あの世も超越《ちょうえつ》した、最高の幸せであることを、絵画、小説、詩、絵本などによって、表現して世に訴えてきましたが、実際にある家族のこころに響き、生き方を変えていただくことができました。

具体的に、お話ししますと、五年前に、第二回目の絵画個展の展示場に、フラッと入ってこられ、「一五〇億年宇宙の旅」の前に立ち止まり、食い入るようにご覧になっていらっしゃるので、この絵は、我々の大宇宙がビッグバンにより、誕生してから、一五〇億年ですが、この世の様々な試練を受け入れ自分自身と他との垣根を崩した人々が、素晴らしく美しい銀河を眺めながら、童謡の「月の沙漠」のように、ラクダに乗って元のふるさと宇宙のみなもとへ帰る壮大な物語と説明しますと、もっとお話を訊きたいのですが、お名刺をいただけませんかと言われ、しばらくたってから、「月光の不思議な絵」が欲しいのですが、原画はとても買えなく、版画を買わせていただきたいのでとご連絡があり、お届けすると、旦那さんと二十歳の息子さんがいらっしゃり、いろいろとお話を伺いますと、奥さんが十七歳の時に、彼ができ、妊娠し、どうしても命が大切で、反対を押し切り結婚し、生まれた可愛い女の子と三人で幸せだったのに、裏切られ、浮気が本気になった夫のもとから、娘を連れて飛び出し、四歳まで女手一つで育てたところへ突然、男が現れ、犯罪ですが、泣け叫ぶ子供を無理やり連れ去り行方不明になってしまいました。精神がおかしくなり精神科に入院し、やっと退院し、二年後に、やさしい彼と出逢い、すべてを打ち明けても、過去

150億年宇宙の旅

は過去だからと、すべてを受け入れてもらい再婚し、男の子が生まれ幸せでしたが、時たま、連れ去られた場面のフラッシュバックに襲われ、眠れなくなり、家事もできなくなり、再入院したりで、大変でした。しかし私の小説や絵画などに触れ、心の底から安心信頼できる安らぎの世界を知り、旦那さんの優しさを再認識し、**試練を乗り越えるのではなく、受け入れることが自然に素直にできるようになり、お互いを認め合い【想い想われる光り輝く世界】へ三人で行くことができ**、息子さんも二十歳になり、私に感謝され、最高の喜びでした。

美術研究所の恩師

絵画個展で、奇跡的な人と、ご家族との出逢いを、美術研究所に二十年間お世話になった、恩師に、ご報告しますと、

素晴らしい、出逢いですね、長年苦しみを抱え、もがき続けていたこころを一瞬にして解き放ち、穏やかな、やわらかい光に包み込んだ絵の力。

これは作者冥利につきますね。素晴らしいです。これこそ、芸術の力。

絵を描いていて、良かったですね。

芸術に関わる人としての究極の喜びです。
ここがまた難しいところですね。
これからも、ますます心の琴線に触れる作品が生み出されますように祈っています。

素晴らしいお言葉をいただき、感無量です――。

著者プロフィール

稲垣 智弘（いながき としひろ）

1980：「絵画」（大樹）デイリースポーツ新聞「美術の世界」に発表

1982：一期会（17回）美術展入選

1983：グループ展

2002：『私は、どこから来て、何をして、どこへ行くのでしょう』本と電子同時出版（文芸社）表紙絵：宇宙150億光年の旅

2009：薬日新聞（宇宙と人間：心と身体）絵画：「黒部の滝」「魂の輝きソンブレロ銀河」

2012：『頭の中にワニとネコ:想いは時空を行く』出版　表紙絵：弥勒菩薩の想い（文芸社　文庫本セレクト作品）

2013：絵画 個展:木更津アカデミアパーク・ホテルオークラ

2014：朝日画廊（銀座）H.P「ステキ なアート 」に絵画掲載

2016：第2回絵画個展　千葉県富津イオンモール

2017：絵画「月光」ネット:ユーチューブに発表　宇宙からのメッセージ　不思議な絵　いながきとしひろ

2018：絵本『いのちよりたいせつなもの、わたしのたからもの～おやとこのこころへ～』（文芸社）

命より大切なもの　コロナより

2020年12月15日　初版第１刷発行
2021年３月10日　初版第２刷発行

著　者　稲垣 智弘
発行者　瓜谷 綱延
発行所　株式会社文芸社
〒160-0022　東京都新宿区新宿１－10－１
電話　03-5369-3060（代表）
03-5369-2299（販売）

印　刷　株式会社文芸社
製本所　株式会社MOTOMURA

ISBN978-4-286-22117-5